JOYEUX ANNIVERSAIRE !

Dr. Seuss

traduit de l'américain par
Anne-Laure Fournier le Ray

Ulysses
Press

Ulysses Press
P.O. Box 3440
Berkeley, CA 94703
www.ulyssespress.com

ISBN 978-1-61243-397-4
Library of Congress Control Number 2014943030

Printed in the United States by Bang Printing

1 3 5 7 9 10 8 6 4 2

Distributed by Publishers Group West

Pour mes chers amis,
Les enfants du Comté de San Diego

J'aimerais tant faire comme à Tralalère.
Là-bas, ils savent vraiment fêter un « Joyeux Anniversaire ! »

A Tralalère, chaque année, le jour où tu es né,
Tout commence à la première heure de la journée.
Le Pouët-Pouetteur de Fête grimpe au sommet du Mont Sonette
Et il fait un grand Pouët dans une immense trompette
Et sa voix crie à tue-tête jusque dans ton lit :
« Debout l'ami ! Aujourd'hui, c'est le jour de ta vie ! »

Dès que résonne le joyeux Pouët-Pouët,
On entent un flip-flap : là voilà, la Bête de Fête !

La Bête de Fête trop chouette !
Et, à ce qu'on m'a dit,
Il n'y a qu'à Tralalère que la Bête de Fête grandit.
Cette Bête n'est pas bête. Elle a une tête bien faite.
Je dirais même qu'elle a une tête plus-que-parfaite !
Elle s'est entraînée dans le meilleur club de la Terre :
« La-seau-scie-ation des Anniversaires de Tralalère »
Et que tu t'appelles Luc, Léa ou Lou,
Quand arrive ton anniv', elle se charge de tout.

Que tu t'appelles Rémi, Marie ou Magali,
Elle connaît ton adresse, elle atterrit sur ton lit.
Tu entends un bruit : « Pfuiiii » dans le ciel bleu.
Tu es encore endormi, mais tu ouvres les yeux.
Et là, sur les toits et les arbres de Tralalère,
Tu vois la bête venir VERS TOI dans les airs.

La Bête atterrit sous ton nez !
Et toi tu bondis sur tes pieds !
Tu te précipites pour la saluer !
Avec le Check-Top-Secret de Tralalère
Celui qu'on fait pour son anniversaire.
On le fait comme ça: avec tous les doigts.
Puis la Bête dit: « Lave-toi les dents, on y va!
C'est TON JOUR ! Le plus beau jour de l'année !
Il faut te dépêcher !
Vite lève-toi !
Vite habille-toi ! »

Cinq minutes plus tard, te voilà en l'air
Quittant la ville sur un Dromadversaire.
« Aujourd'hui, dit la Bête, mange tout ce que tu voudras.
Personne ne te dira *Fais pas ci, Fais pas ça.*
Aujourd'hui, tu n'as pas à être bien élevé.
Tu peux manger avec les doigts, ou même avec les pieds.
Alors viens et régale-toi. Fais un grand croque-moi-ça !
Aujourd'hui c'est ton anniversaire ! *Aujourd'hui tu es toi !* »

S'il n'y avait pas d'anniversaire, tu ne serais pas toi.

Si tu n'étais pas né, qu'est-ce que tu ferais ?

Si tu n'étais pas né, qu'est-ce que tu serais ?

Tu serais peut-être un poisson ! Ou un cornichon !

Ou une étagère ! Ou trois pommes de terre !

Ou un sac rempli de tomates pourries !

Ou, pire que tout... Tu serais peut-être un RIEN-DU-TOUT !

Un Rien-du-tout ne s'amuse jamais.

Un Rien-du-tout n'est pas là, puisqu'il n'est pas né.

Mais toi... Tu es TOI ! Et ça, c'est extra !

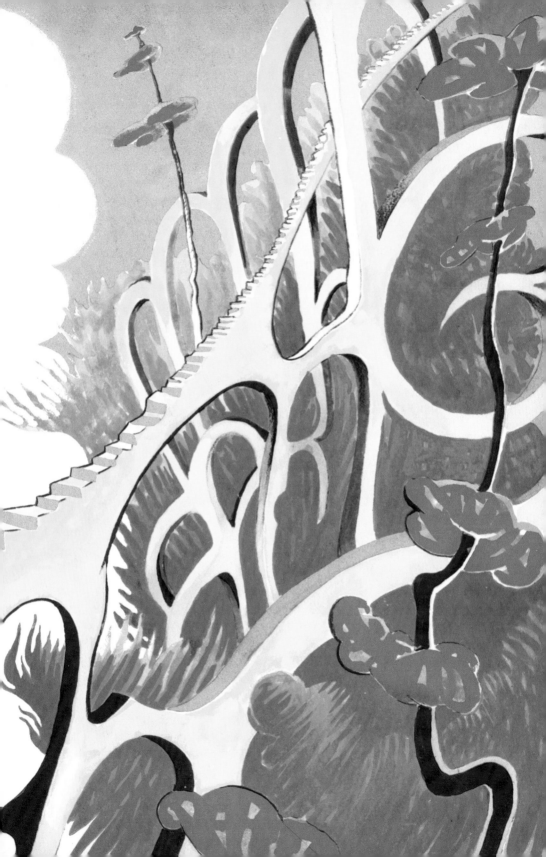

Alors nous allons grimper au sommet de Tralalère,
Sur le Pic-du-grand-Cri d'Anniversaire.
Voilà ! Ouvre ta bouche, écarte les bras,
Et crie de toutes tes forces « JE SUIS MOI !
Moi !
Je suis JE !
Je ne sais pas pourquoi,
Mais j'aime ça.
Hip hip hip Hourra ! JE SUIS MOI !

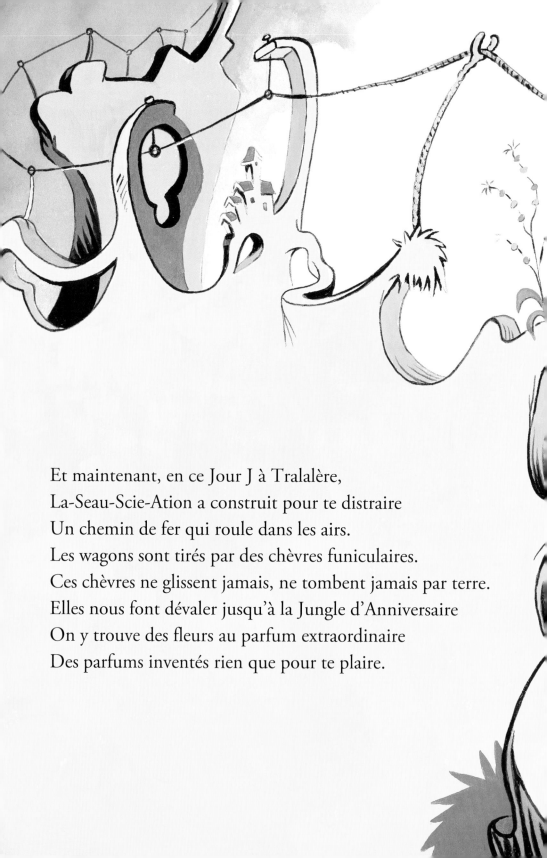

Et maintenant, en ce Jour J à Tralalère,
La-Seau-Scie-Ation a construit pour te distraire
Un chemin de fer qui roule dans les airs.
Les wagons sont tirés par des chèvres funiculaires.
Ces chèvres ne glissent jamais, ne tombent jamais par terre.
Elles nous font dévaler jusqu'à la Jungle d'Anniversaire
On y trouve des fleurs au parfum extraordinaire
Des parfums inventés rien que pour te plaire.

Ils sentent la mélisse ! Ils sentent le réglisse !
Soudain, quarante Bouts-de-Choux surgissent
Ils coupent avec des coupe-coupes ! Scient avec des ciseaux !
Tranchent les branches ! Effleurent les fleurs !
Ils font pour toi des bouquets magnifiques
Quel anniversaire magique ! Et clac et clic !

Ils empilent les bouquets au parfum délectable
Sur le dos de cinquante hippo-potables!
Ils les emportent jusqu'à ta maison
Tu peux garder les hippos pour tondre le gazon.
En attendant, tout ça m'a donné faim
C'est le moment de passer à l'Anni-Festin...

Pour l'Anni-Festin, il y a une tradition divine,
On sert des hot-dogs enroulés sur une bobine.
Il y en a plein plein,
Et encore plein plein plein,
Jusqu'à ce que tu n'aies plus faim.

Forcément, on a de la moutarde sur le menton.
Alors, suivant la tradition,
Direction la piscine de Saute-Moutarde pour un plongeon.
Elle a une eau tiède, c'est délicieusement bon
Elle a été fabriquée par le Club de Saute-Moutarde pour l'occasion.

Après, hop tu sors ! Chante fort et sèche-toi !

Chante fort : «J'ai de la chance ! » Chante fort : « Je suis moi ! »

Si tu n'étais pas né, tu serais un PAS-LÀ !

Un Pas-là ne s'amuse pas.

Il n'a jamais d'anniversaire, il n'est jamais le héros.

Il faut bien être né pour avoir un cadeau.

Un cadeau ! *Ah-ah !*

Lequel vais-je choisir pour toi...?

Hé bien… celui dont tu te souviendras

Aussi longtemps que tu vivras !

Voudrais-tu un animal rien qu'à toi ?
Hé bien… c'est ce que tu auras.
Le plus beau, pour toi, dans tes bras !
Tu vas voir, nous avons ici, dans notre pays
La Réserve Officielle des Animaux d'Anniversaire.
Depuis l'est de l'Est jusqu'à l'ouest de l'Ouest,
Nous avons parcouru le monde entier pour les trouver.
Il y en a des petits, des moyens, des grands.
Si tu veux, tu peux choisir un géant !

Pour trouver lequel est le plus grand
Nous allons faire un classement...

D'abord, on prend le plus petit d'entre eux.
On les met en rang. Dos à dos. Deux par deux.
Du plus petit au plus grand. Et quand on a terminé,
Le plus grand, c'est le dernier.

Mais tu dois être malin et regarder leurs pieds.
Car il y en a certains qui essaient de tricher.

Alors après le plus petit, tu choisis un plus grand
Puis un plus grand. Puis au suivant. Puis au suivant.
Et enfin... Tu arrives au plus grand des maxi-grands
Il est pour toi ! Entièrement ! Un vrai géant !
Je sais que tu l'aimeras. Ton Ani-Maxi-Grand.

Je vais l'expédier chez toi, par la Poste Rapide d'Anniversaire
Et tant pis si c'est très cher.
C'est le jour de ton anniversaire ! Le jour où Tu es Toi !
Peu m'importe ce que cela coûtera.

Aujourd'hui c'est ton jour ! Le jour de tous les bonheurs !
Veux-tu un beau Poisson-qui-dit-l'heure ?
Je vais envoyer le plongeur Piche et le plongeur Poche
Au fond de la mer avec leurs masques et tubas.
Car le plus bel Animal-versaire que tu verras,
C'est le Poisson-qui-dit-l'heure que Piche et Poche pêchent.

Mais, en parlant de l'heure... Vite, dépêchons-nous !
Le Poisson-Montre montre qu'il est cinq heures et quart !
Je ne pensais pas qu'il était si tard !
Dépêchons-nous ! Nous avons rendez-vous !

Et tandis que le soleil rougit à l'horizon,
Arrive la nuit du Jour J, selon la tradition
La plus belle de toutes les nuits de Tralalère !
Vite, on enfourche deux grands Gros-madaires
Et on galope comme des fous vers le Pas-laid d'Anniversaire.
Ta Super Grande Soirée va bientôt commencer
Dans le plus beau des Pas-laids.

Ce grand Pas-laid, bientôt tu le verras,
A exactement neuf-mille-quatre-cents-trois
Pièces pour jouer ! Douze salons pour les tambours-batteurs,
Cinquante-trois stands de hamburgers
Et aussi soixante-cinq placards
Pour ranger les Balais-Brosse-Bazar
Car après une telle soirée, tu peux l'imaginer,
Il faudra vingt journées pour tout nettoyer.

D'abord, les Tambours tambourinent en arrivant.
Ensuite les Harpes harponnent en saluant.
Puis les Tambours tambourinant et les Harpes harponnant
Sont suivis par les Trompettes trompettinant.
Regarde ces Trompettes, elles sont trop chouettes !
Elles ont la tête dans des tuyaux,
Pour faire un son encore plus beau.

Tous ils tambourinent, harponnent, trompettinent,
Et toute cette belle musique,
Est pour toi, qui es unique !

ECOUTE !

Les chansons des poissons du Dr Pinson !

Les chansons de Pinson, les dessins des poissons !

As-tu vu ce que les poissons font là-bas ?

Ils chantent et dessinent *Joyeux Anniversaire* pour toi !

Et voilà ton gâteau d'anniversaire ! Cuisiné par Fils et Père,
Les Pâtissiers Officiels des Anniversaires de Tralalère.
Et Fils et Père, je peux te l'affirmer,
Sont les seuls pâtissiers capables de cuisiner
Le gâteau au beurre tradition 100% certifié
A la pâte de saucisse et au concombre mentholé !
Et les célèbres découpeurs de gâteau, Père et Fils
Prennent leur grand couteau coupeur de saucisse
Et se tiennent prêts au sommet de l'édifice.

Aujourd'hui tu es toi ! C'est la vérité vraie, voilà !
Personne au monde n'est autant TOI que toi !
Alors crie fort : « J'ai de la chance d'être moi !
Dieu merci je ne suis ni un clou ni un pou
Ni un vieux pot de confiture aux choux !
Je suis ce que je suis ! Et ça, c'est extraordinaire !
Alors je me dis bien fort : JOYEUX ANNIVERSAIRE ! »

Ensuite, à cheval sur des chevaux, des crapauds et des asticots,
Tes amis arrivent ! Tous tes amis arrivent au galop !
Et au Pas-laid d'Anniversaire, c'est la folie
Une immense fête remplie d'amis !
On mange, on rit
Jusqu'à ce que ce soit fini.

A la fin, quand vient l'heure,
Te voilà comblé de bonheur,
De cadeaux et de gâteau au beurre.
La Bête te ramène chez toi
Sur un gros coussin de soie.

Voilà, c'est tout cela
Que fait la Bête d'Anniversaire
A Tralalère.

Et moi, j'aimerais
Pouvoir faire TOUT ça
Pour toi !

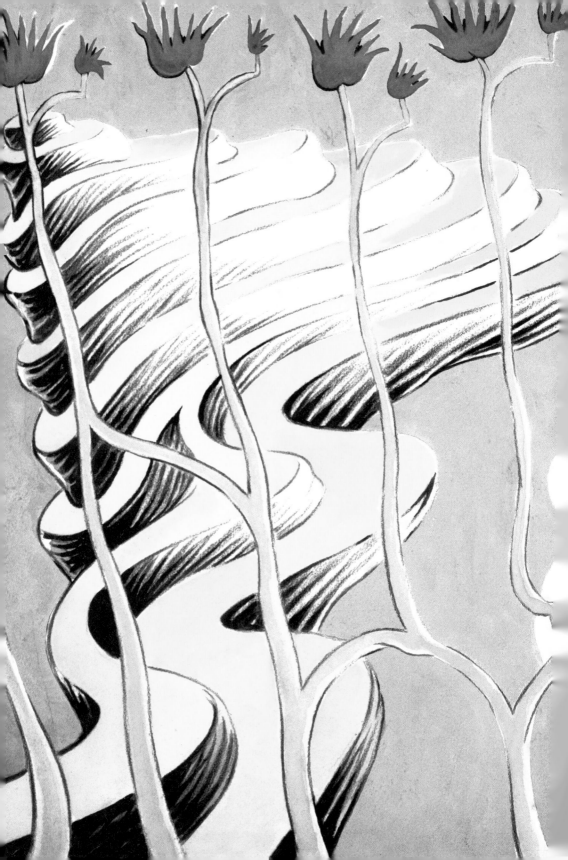